RÉCIT VÉRIDIQUE

EN VERS ET EN PROSE

DES GRANDS ÉVÉNEMENTS

QUI SE SONT PASSÉS A OTAÏTI,

Où l'on verra comme quoi notre ministère a glorieusement, par continuation, soutenu
l'honneur du Pavillon Français.

NANTES, IMPRIMERIE D'HÉRAULT.

————

1844.

L'infortunée Reine Pomaré,

SOUVERAINE D'OTAITI,

Sous le Protectorat de la France et l'Obéissance
à l'Angleterre.

HISTOIRE DE SON RÈGNE, SA VIE, SES HABITUDES, SON PORTRAIT.

Les événements récents de l'Océanie donnent un à propos des plus vifs à un feuilleton curieux et spirituel de M. Casimir Henricy, sur la reine Pomaré, publié dans le *National*. Nous en reproduisons les principaux extraits :

Quelques publications illustrées on donné de cette majesté polynésienne un portrait qui lui ressemble comme M. Thiers ressemble à Méhemet-Ali, ou vous et moi au premier sultan de Tombouctou. — Ce dont, après tout, nul ne s'est plaint ; — mais personne n'a écrit sa biographie : aussi la France ne sait-elle presque rien des mœurs, du caractère et des habitudes de cette intéressante reine de la nouvelle Cythère. C'est une lacune que nous nous proposons de combler, bien que le besoin, nous devons l'avouer, s'en fasse médiocrement sentir.

Mais hâtons-nous de dire d'abord que la reine de la nouvelle Cythère n'a de commun avec l'heureuse rivale de Pallas et de Junon que son délicieux titre. Ce n'est pas à la blanche écume qui argente le rivage de son petit royaume qu'elle doit le jour ; la merveilleuse ceinture qui tourna la tête au dieu des combats ne serre point sa taille, et rien ne la distingue même des autres mortelles dont la vie s'écoule calme et heureuse à l'ombre des magnifiques végétaux de la Polynésie. Elle naquit comme tout le monde, mais à une époque de troubles. Des guerres cruelles, guerres de religion et de parti, ensanglantaient les fraîches vallées et les plages riantes de Taïti ; les champs étaient dévastés, les arbres utiles abattus, les cases renversées, et les missionnaires anglais, dont la présence était la cause principale de tous ces malheurs, et qui aspiraient à la conquête de l'île, rôdaient autour de leur proie en jetant sur elle des regards cupides ; on eût dit de voraces et immondes oiseaux prêts à s'abattre sur un cadavre. Pomaré II, chassé de ses états depuis 1808, habitait l'île voisine d'Eimeo. Encouragé par quelques chefs restés fidèles à sa cause, qui lui disaient que tout le monde serait ravi de son retour ; il débarqua à Montavaï en 1813, et c'est alors que sa femme mit au monde Aïmata, la reine que nous allons faire connaître à nos lecteurs. Mais pour se faire une idée des dangers qui ont entouré le berceau d'Aïmata, — si toutefois elle a eu un berceau, il est indispensable de jeter un regard sur les événements qui se sont passés alors.

Pomaré II est le premier de sa lignée qui ait embrassé le Christianisme. Nous voulons croire, pour ne pas désobliger les évangélistes qui l'ont converti, qu'il le fit par conviction ; mais cette conviction ne serait peut-être jamais entrée dans son cœur, s'il n'avait reconnu l'impossibilité de monter sur le trône sans le secours des Anglais. — Ce trône n'était alors qu'un méchant tabouret en bois que ne recouvrait aucune espèce de velours. — Mais comme toute chose a son mauvais côté, Pomaré, en renonçant au culte de ses ancêtres, s'était fait presque autant d'ennemis mortels qu'il avait de sujets. Il fut contraint de chercher de nouveau son salut dans la fuite en 1814, et il ne serait sans doute jamais rentré dans ses états, si les missionnaires s'étaient contentés, comme la première fois, de bénir ses armes et de faire des vœux pour le triomphe de sa cause. Ces colporteurs de bibles, fatigués de bivouaquer avec leurs femmes et leurs enfants, l'aidèrent puissamment, en lui fournissant des fusils, des canons et même un détachement d'Anglais; et, en juillet de l'année suivante, une bataille décisive lui assura enfin la souveraineté absolue de Taïti.

Cependant, tout en travaillant à consolider sa dynastie, le monarque taïtien apprenait à lire et à écrire, et se livrait aux exercices de piété avec l'ardeur dont un néophyte est seul capable. Il finit par devenir aussi puritain et bigot que n'importe quel fils de la brumeuse Albion. Il passait alors des journées entières à lire la Bible et à prier à haute voix au milieu de sa famille.

Je laisse à penser comment sa femme et sa sœur goûtaient ce passe-temps tout britannique! Les femmes de Taïti pour nous servir d'une expression de Châteaubriand, expiaient déjà, dans un trop grand ennui, la trop grande gaîté de leurs mères. Et la jeune Aïmata, qu'on voyait croître sous l'influence de cet heureux climat comme une fleur hâtive; Aïmata, cette enfant vive, espiègle, étourdie, qui ne tenait pas en place, qui prenait tant de plaisir à faire des niches aux missionnaires ses professeurs; toujours la plus distraite au temple comme la plus folle sur la plage, comment devait-elle s'accommoder de ce genre de recréation! Heureusement la Bible et les prières ne tenaient que la deuxième place dans les affections du monarque; la première était occupée par l'eau-de-vie, et il subissait souvent l'influence perfide de ce funeste nectar, si cher aux Polynésiens. Dans ces moments, le saint livre finissait presque toujours par lui échapper des mains, et souvent alors il s'en servait comme d'un moëlleux oreiller, ou bien, transporté de fureur contre lui-même, il se disait, en achevant sa bouteille, toutes les injures que renferme l'idiome taïtien.

Il y avait bien cependant moyen de se soustraire à cette odieuse tyrannie de fanatique lecteur: c'était de s'endormir. La sœur et l'épouse en usaient même largement, et d'autant plus volontiers que le monarque avait l'esprit trop préoccupé pour s'en apercevoir; en sorte que la demeure royale était souvent jonchée de dormeurs. Quant à Aïmata, trop éveillée pour céder à l'action de ce narcotique, si puissant cependant, elle aimait mieux gagner furtivement la porte, en regardant son père du coin de l'œil, et s'enfuir ensuite à toutes jambes pour aller bien loin, sous les verts ombrages où roucoulent les tourterelles, chercher des plaisirs plus conformes à ses goûts et à son âge.

Ainsi s'est écoulée l'enfance de cette souveraine d'un des plus ravissants, mais aussi d'un des plus chétifs et des plus insignifiants archipels jetés comme des oasis dans les immenses solitudes du grand Océan. On voit aussi quelle a dû être son éducation, à laquelle ont travaillé simultanément sa mère et sa tante, et les missionnaires anglicans. Les leçons de ceux-ci lui étaient, du reste aussi désagréables, aussi antipathiques que les assommantes lectures paternelles. C'était au point qu'elle ne trouvait pas dans l'extrême liberté dont jouissent les jeunes filles du pays un dédommagement suffisant.

Elle avait huit ans environ lorsque son père mourut, laissant un autre enfant âgé de quatre ans seulement, qui fut proclamé roi sous le nom de Pomaré III. Ce monarque, qui, de farouche guerrier, courbant durement ses sujets sous le terrible casse-tête qui lui tenait lieu de sceptre, était devenu un pacifique législateur, bigot et ivrogne, ne fut que médiocrement regretté par sa famille, et sa mort causa plus de plaisir que de peine aux chefs qu'il avait domptés et même aux missionnaires. Ces derniers n'avaient pu lui faire adopter certaines mesures qui auraient fait passer entre leurs mains cupides le pouvoir temporel, et ils espéraient tout de leur innocent élève Pomaré III; mais le défunt avait eu l'heureuse idée d'instituer sa sœur régente, et celle-ci, douée d'un caractère altier et rebelle, qualité qui semble héréditaire dans la famille, se montra encore moins favorable à leurs vues ambitieuses. Cela fut cause qu'ils proclamèrent le jeune roi majeur à l'âge de sept ans, en 1824, afin de pouvoir dès ce moment régner à sa place, Pour avoir même toute liberté de façonner à leur guise l'esprit de cet enfant, ils l'arrachèrent aux caresses et aux leçons maternelles, ne lui prodiguant guère d'autre nourriture que la parole de Dieu et le lait de la science. Quelle constitution résisterait à un pareil régime alimentaire! Le 11 juillet 1827, Pomaré III s'endormit pour ne plus se réveiller, en tenant une Bible dans ses mains.

Aïmata, qui devait succéder à son frère, n'avait encore joué d'autres rôles que celui de nymphe des bois et des eaux. On la voyait sortir de tous les ruisseaux, de tous les massifs de verdure, et son tendre cœur s'était déjà ouvert à plus d'une passion. Jeune fille pétulante, capricieuse, mutine et d'une nature ardente, les réprimandes des missionnaires n'avaient pas plus d'influence sur son esprit que n'en avaient sur celui de nos anciens rois les humbles remontrances des parlements; en d'autres termes, elle ne se gênait nullement pour satisfaire ses goûts et suivre ses penchants, et cela était trop dans les mœurs du pays pour qu'on dût s'en étonner.

Aïmata avait donc quatorze ans lorsqu'elle monta sur le trône, elle quitta son joli nom, si harmonieux et si romantique, pour prendre celui de Pomaré-Wahiné (Wahiné signifie femme). Dès le commencement de son règne, elle s'est montrée tout aussi peu résignée que l'ex-régente, sa conseillère, à subir l'humiliante tutelle des missionnaires, et si chaque jour son autorité a été diminuant, si elle a fini par perdre une à une presque toutes ses prérogatives, ce n'est pas qu'elle ait fait aucune concession : on lui a tout enlevé en employant tantôt la ruse et tantôt la force. Son père était mort roi absolu, on la proclama reine constitutionelle, car les missionnaires avaient profité du règne de son frère pour doter l'île d'une espèce de gouvernement représentatif; mais par manière de compensation, elle n'a fait que devenir de plus en plus rebelle à la parole puritaine des révérends, et, pour mieux les narguer, de plus en plus libre dans ses galanteries. C'était le seul moyen commode qu'elle eût de se venger; et Dieu sait si elle en a usé.

C'est ici le cas de faire remarquer que Taïti n'a pas été appelée, par le galant Bougainville, Nouvelle-Cythères parce que ses mœurs étaient corrompues, mais parce qu'elles étaient primitives, volupteuses, libres, ce qui est bien différent. Voyagez, et vous ne tarderez pas à vous convaincre que ce sont les peuples les plus civilisés qui sont les plus corrompus. La Rome de l'empire était évidemment plus civilisée que la Rome de la république : celle-ci avait eu des Brutus et des Lucrèces ; l'autre eut des Héliogabales et des Messalines.

Avec de pareilles dispositions, on conçoit facilement que Pomaré ait fait le désespoir des missionnaires, à Taïti,

Où l'amour sans pudeur n'est pas sans innocence,

comme a dit Delille lui-même dans un de ses plus beaux alexandrins, les faiblesses de la chair étaient qualifiées *crimes* par ces impitoyables et stupides réacteurs, et punies en conséquence par des espèces de travaux forcés, à moins que le coupable ne payât au législateur une forte amende ; mais le moyen de faire à la reine l'application d'un code aussi rigoureux, aussi peu chrétien, et nous ajouterions volontiers aussi immoral, puisqu'il légalise la débauche en la tarifant ! Rien n'eût été plus facile à Pomaré-Wahiné que d'expulser ces amateurs d'amendes, si, satisfaisant leur désir bien connu, ils avaient poussé l'audace jusqu'à faire prononcer sa déchéance par le parlement où leurs créatures étaient en majorité.

Mais cette reine, malgré son caractère indépendant, manque totalement de fermeté. Enjouée, volage, insouciante, elle n'a que des caprices passagers, et sa volonté ne se manifeste que par boutades. Enfin, femme dans toute l'acception du mot, elle n'est jamais plus près de céder que lorsqu'elle se raidit, ce qui est aussi le faible des câbles des navires. Ceci explique comment la petite guerre qu'elle n'a cessé de faire aux missionnaires est restée sans résultat.

Voici, du reste, un traité qui suffirait à lui seul pour la peindre. Etant venue à Papeïti, dont elle était absente depuis plus de six mois, à l'époque où nous nous trouvions, la première question qu'elle adressa à ses sujets ou plutôt à ses sujettes, fût celle-ci : « Les Français sont-ils galants ? » Pomaré-Wahiné se montra fort satisfaite de la réponse affirmative qu'on ne manqua pas de lui faire, et ce simple renseignement lui suffit. Ceci révèle, à notre avis, une connaissance parfaite du cœur humain. Il est clair, en effet, qu'un équipage qui se signale par sa galanterie ne saurait se mal conduire, se livrer à des violences et à des déprédations.

Bien que Papeïti, l'endroit le plus populeux de l'archipel, est celui où relâchent tous les navires de guerre et tous les baleiniers, doive être considéré comme la capitale de Taïti, Pomaré-Wahiné habite ordinairement Papara, joli village situé à l'ouest de l'île : — son temple renfermait autrefois les insignes de la royauté et celles du grand - prêtre ; — mais elle va souvent, s'aventurant sur une pirogue, passer des saisons entières chez des parents qu'elle a à Wahiné et Eiméo, et elle visite aussi quelquefois les autres îles de son petit royaume. Régnant et ne gouvernant pas, grâce à l'admirable invention des ministres plus ou moins responsables, la politique et la direction des affaires de l'état, sont ce qui la regarde le moins. Son existence semblerait insupportable à nos têtes couronnées d'Europe ; elle vit sans faste et sans étiquette ; ses palais, mesquine construction en bois pauvrement meublés, paraîtraient aux moins vaniteux de nos petits bourgeois des demeures indignes d'eux ; nous n'avons jamais ouï parler de son trésor ; sa cour n'est autre chose qu'une réunion peu nombreuse de bons parents et d'amis dévoués, et elle se passerait volontiers de sa petite garde, dont elle n'a jamais compris l'utilité, ne s'en faisant jamais accompagner ; mais il ne faut pas croire pour cela qu'elle s'ennuie, Elle a mille sujets de distractions, mille moyens de tuer le temps. Comme une simple Taïtienne, elle se laisse glisser toute nue, plusieurs fois par jour, dans le premier ruisseau venu ; et n'a pas plus besoin de femme de chambre pour se vêtir que pour se déshabiller. Son costume des jours ordinaires est un peignoir d'indienne dont l'étoffe peut bien valoir 45 centimes le mètre, et elle va ainsi en cheveux, sans fichu, sans bas, et souvent sans souliers, à moins qu'elle ne voyage.

Elle ne fait un peu de toilette et ne se chausse chez elle, car ses pieds ont horreur de la captivité, que lorsqu'elle reçoit la visite d'officiers étrangers, gaulois, saxons, cosaques ou yankées, gens qui ne mettent, du reste pour lui parler aucune espèce de gants. Dans ces jours de grande réception, elle s'affuble parfois de la manière la plus grotesque, avec des objets depuis long-temps passés de mode. On ne peut s'empêcher de rire en la voyant ainsi ; et comme à Taïti le rire ne se prend jamais en mauvaise part, elle croit qu'on l'admire, qu'on la complimente, et la pauvre femme remercie par un gracieux salut ceux qui se moquent d'elle.

Mais, pour ce qui est de faire quatre repas, de se lever tard, de se coucher tôt et de dormir fort bien sans gloire, elle ne le céderait pas au roi d'Yvetot lui-même, et il est certain que Fanchon n'aimait pas à rire et à boire plus qu'elle. Puis, ce qui plaît surtout chez cette reine, c'est qu'elle n'est pas hypocrite. Elle n'a jamais voulu s'affilier à aucune société de tempérance, et l'on dirait même que les sermons des Mathew de là-bas ont la propriété de l'altérer. Son père était ainsi : bon sang ne saurait mentir.

Ainsi que toutes les reines constitutionnelles qui ont atteint l'âge de puberté, Pomaré-Wahine est en possession d'un mari qui n'est pas roi ; elle le possède comme une petite fille possède un joujou, une poupée ; seulement je ferai remarquer que ce mari, ou, si vous aimez mieux, ce hochet *réginal*, n'est pas un Cobourg, circonstance digne d'être mentionnée. Elle a tout bonnement épousé un enfant bronzé des îles de la Société, le fils d'un des principaux chefs, ses vassaux. Les Cobourgs ignoraient sans doute qu'il y eût là-bas, au sein de l'Océan-Pacifique, une reine à pourvoir ; mais, ma foi, tant pis pour eux : cela leur apprendra à avoir des correspondances dans l'Océanie.

J'ajouterai que notre intéressante reine est déjà mariée en secondes noces, bien que son premier époux, qui était en même temps son cousin, et avec lequel elle était unie avant son avènement, existe encore. Voici comment cette séparation de corps et d'îles a eu lieu. Ce premier époux ne se contentait pas de remplir les modestes et bourgeoises fonctions de mari de la reine : homme d'énergie et d'intelligence, appelé par sa naissance à commander, il agissait comme s'il eût été le chef de l'état ; mais, si cela souriait à sa royale compagne, qui n'avait plus à s'occuper que de plaisir, les missionnaires étaient loin de le voir d'un bon œil. Dans le but et avec l'espérance de reprendre la direction des affaires qu'ils avaient sous le règne précédent, afin de bouleverser le sol et les consciences à leur gré et de faire rendre à l'impôt le plus possible, ils amenèrent, à l'aide de manœuvres que nous connaissons trop peu pour les apprécier, ils amenèrent la reine à divorcer, et lui firent épouser ensuite un jeune homme épais et nul, un mari tel qu'il leur en fallait un. Du reste, celui-ci met trop souvent sa gracieuse majesté dans une position intéressante, pour qu'on puisse l'accuser de ne pas remplir ses devoirs. L'autre est aujourd'hui roi de l'île de Wahiné, où il a succédé à son père, et les missionnaires trouvent que la souveraine visite trop souvent son vassal et son cousin. Quoi qu'il en soit, l'humble souche des Pomaré pousse, sans l'aide des Cobourg, de nombreux bourgeons. C'est le missionnaire Pritchard, cet énergumène dont les journaux ont tant parlé, qui ouvre les portes de la vie à tous ces rejetons royaux.

J'ai parlé des distractions de sa majesté taïtienne : en voici quelques-unes. Lorsque le temps le permet, — et il le permet souvent, — elle court les champs et les bois, poursuivant les papillons qui voltigent de fleur en fleur le long des haies odorantes, et, quand elle est fatiguée, elle s'assied au bord de la mer, à l'ombre de quelque bel oranger, prenant plaisir à regarder les pirogues qui se jouent au milieu des brisants, dont le soleil fait briller l'écume de toutes les couleurs. Mais elle se contente souvent d'aller causer avec les voisins que sa visite comble toujours de joie, et elle se rafraîchit avec quelques uns des fruits savoureux qui constituent à Taïti le plus bel ornement des habitations. Reste-t-elle au logis, c'est à ses enfants, qu'elle aime beaucoup, qu'on la voit donner ses soins, et alors elle se met à jouer avec eux comme si elle était de leur âge ; mais elle n'oublie pas pour cela de jeter leur pâtures quotidiennes aux hôtes de la basse-cour, occupation qui paraît l'amuser énormément.

Elle emploie le temps qui lui reste à faire murmurer entre ses dents une gimbarde, à fumer, s'arranger les cheveux avec coquetterie, respirer des fleurs, se tresser des couronnes de feuillage, feuilleter des albums ou livres d'images, et aussi à tourner la magnifique manivelle d'un orgue de Barbarie, et dont elle joue aussi bien que n'importe quel Savoyard. — Cet instrument n'a encore rien de barbare pour les oreilles peu délicates des Taïtiens, qui le trouvent, au contraire, admirable. — D'autres fois, elle fait faire à son benêt de mari, lorsqu'elle ne l'envoie pas voir si elle est dans tel ou tel endroit, l'exercice du fusil, commandant elle-même, tant bien que mal, la charge en douze temps ; ou bien exécute avec quelques cousines, ses dames d'honneur, le *baoupa*, espèce de jeu mimique fort usité dans le pays ; et toutes, se livrent au charme de la conversation nonchalamment étendues sur des nattes. Inutile de dire sur quels sujets roulent ordinairement les causeries de ces princesses cuivrées, toutes aussi libres dans leurs allures que dans leur langage. Les missionnaires en disent des horreurs. — Si l'on considère maintenant le temps que Pomaré-Wahiné doit consacrer à ses galanteries, qui sont bien son occupation la plus sérieuse, on concevra que son existence soit assez bien remplie, et qu'elle n'ait pas le loisir de ressentir les atteintes du *spleen*. Et qu'on ne croie pas que nous inventions rien sur son compte : nous avons recueilli nous-mêmes quelques-uns de ces détails, et les autres nous ont été donnés sur les lieux par les Taïtiens, gens extrêmement bavards et indiscrets, au nombre desquels nous comptons le commandant de la garde de sa majesté taïtienne et une cousine de celle-ci. Nous ne pouvions évidemment puiser à une meilleure source.

Cependant, malgré ce tableau un peu bucolique, il ne faut pas croire que tous les jours de Pomaré-Wahiné aient été tissus d'or et de soie. Plus d'une fois l'horizon de sa vie s'est rembruni ; plus d'une fois aussi la foudre a grondé sur sa tête, et, dans ces circonstances difficiles, la nécessité de conjurer l'orage lui faisait éprouver des émotions dont elle se serait bien passée. Elle trouvait alors que c'était payer un peu trop cher le vain titre de reine dont elle était forcée de jouer le rôle, celui, sans contredit, qui lui convient le moins ; et, si la chose eût été en son pouvoir, elle aurait volontiers échangé sa position sociale contre celle de sa plus obscure sujette.

Elle a donc vu les deux côtés de la médaille. Les désagréables complications qui lui faisaient maudire et mépriser le pouvoir royal n'arrivaient jamais que par la faute des missionnaires, lesquels, afin de conserver à tout prix le monopole commercial et religieux, donnaient aux étrangers les plus graves sujets de plainte. Elle s'est ainsi trouvée souvent en rapport avec des officiers de notre marine ; il s'agissait presque toujours de réparations pour outrages faits à la France.

Mais ce qui révoltait le plus son orgueil, c'était d'être forcée d'adresser quelques mots d'excuse aux souverains qu'elle était censée avoir offensés, et dont il serait difficile de lui persuader qu'elle n'est pas légale. Inutile de dire que ces lettres étaient rédigées par les missionnaires, comme toutes celles si bibliques qu'on lui attribue, et au bas desquelles on a souvent mis son nom sans l'en prévenir , surtout lorsqu'on les élaborait à Londres.

Cependant elle écrit l'Anglais et le Taïtien beaucoup mieux que ne le ferait supposer son instruction , fort négligée , principalement pour ce qui a trait à la géographie et à l'histoire. Les missionnaires, qui avaient leurs raisons pour la maintenir dans l'ignorance , lui ont dit que l'Angleterre était la seule nation grande , riche et populeuse et elle a dû le croire , n'ayant pas les moyens de vérifier le fait , aussi demandait-elle un jour à un de nos officiers si la population de la France était beaucoup plus considérable que celle de Taïti. On ne saurait vraiment se faire une idée de la naïveté des questions qu'elle adresse ainsi journellement aux étrangers. Tous les pays ont pour elle des cocotiers , des bananiers et des orangers , et elle ne conçoit pas qu'on puisse habiter une terre privée d'arbres à pain.

Toutefois , on n'a jamais négligé de lui rendre les honneurs dus à son rang suprême. Les navires qu'elle visite se pavoisent et tirent pour elle autant de coups de canon que s'ils avaient à saluer le plus puissant potentat de la terre , ce qui fait exécuter aux échos des montagnes le plus formidable concert qui se puisse ouïr. C'est alors qu'elle exhibe tout ce que sa garde-robe contient de plus magnifique.

A part les circonstances que nous venons de mentionner , le règne de cette reine n'offre rien de remarquable ; aucune révolution ne l'a traversé , il n'a vu se réaliser aucune réforme importante , et aucun des anciens grands vassaux n'a même manifesté le désir de recouvrer la large part de pouvoir que l'établissement du gouvernement représentatif lui a ravie. Aussi , l'histoire classera immanquablement Pomaré-Wahiné parmi les reines fainéantes.   CASIMIR HENRICY.

(*Le National.*)

LE SYSTÈME.

M. PRITCHARD,

Ministre méthodiste anglican, Consul de S. M. Britannique à Otaïti, Conseiller
intime, Accoucheur en chef de la Reine Pomaré.

LA CONQUÊTE MANQUÉE,

COMPLAINTE NATIONALE.

Air : *de la complainte de Fualdès.* (¹)

Il existe une île unique
Qu'on appelle Otaïti ;
C'est un endroit fort genti
Dans l'Océan-Pacifique,
Offrant un charmant séjour
Entouré d'eau tout autour.

De ce joli lieu la reine,
Madame de Pomaré,
Avait toujours inspiré,
L'excellente souveraine !
A ses fidèles sujets
Un amour des plus complets.

---

(1) Ces beaux vers, d'ailleurs très-peu lisibles, demandent impérieusement à être
chantés.　　　　　　　　　　　　　　　　　*(Note de l'éditeur.)*

Car l'amour, je ne puis guère
Vous dire au juste pourquoi,
Etait la suprême loi
Qui, dans cette autre Cythère,
Gouvernait absolument
Le trône et le parlement.

Là-dessus, notre Système,
Comme un jeune damoiseau,
Mit un jour sa barque à l'eau,
Pour aller juger lui-même
De la moderne Vénus
Et la tournure et les us.

Arrivé dans ces parages
Qui, dit-on, sont très-lointains,
Il vit des minois lutins
Et même si peu sauvages,
Qu'il se trouva fort épris
Des charmes d'un tel pays.

Il aborda donc la reine,
Et la tirant à l'écart,
Il lui déclara sans fard
Qu'il voulait, dans la huitaine,
En tout bien et tout honneur,
Devenir son *protecteur.*

De cet aveu très-surprise,
Sa Majesté Pomaré
Répondit : « J'y songerai,
» Mais pardonnez ma franchise;
» C'est un bien vilain magot
» Que le système Guizot! »

Mais le système à sa flamme
Donnant un plus libre cours,
S'écria : « Chères amours,
» J'entends que mon oriflamme
« Flotte et reflotte au plus tôt
» Sur votre petit îlot. »

» Dès qu'on me fait violence,
Murmura Sa Majesté,
» J'aime mieux du bon côté
» Prendre doucement l'offense,
» Ainsi donc, je me soumets
» A vos aimables projets. »

« Un petit moment, ma chère, »
S'exclama monsieur Pritchard,
» Cela ne sera pas, car
» Auprès de toi l'Angleterre
» M'a placé dans le seul but
» De veiller à ton salut. »

Or, tout le monde sait comme
Ce bon ministre anglican,

Objet de plus d'un cancan,
Etait un magnifique homme,
Et le docteur préféré
De madame Pomaré !

Bref, vis-à-vis de la belle,
Notre zélé protestant,
Aussitôt protesta tant,
Que l'ingrate péronnelle
Oublia, sur son palais,
D'hisser le drapeau français.

Mais ici qu'on nous permette
De dire sommairement
Que Guizot, très-gauchement,
Avait pris pour interprète
Un loup de mer, en ces lieux,
Qui n'avait pas froid aux yeux.

Donc, au lever de l'aurore,
Ce vieux loup, fait aux combats,
Voyant qu'il ne voyait pas
Le pavillon tricolore
Dominer l'île et la mer,
Trouva le tour très-amer.

Au lieu de plier bagage,
En dévorant son effront,
Voilà qu'il a l'affreux front
De débarquer sur la plage
Et de mettre sans pitié
La reine elle-même à pied !

Au bruit d'un tel coup de tête,
Guizot, bénissant le sort,
Se frotta les mains d'abord,
D'autant plus qu'une conquête
Lui semblait, pour le château,
Un fruit tout à fait nouveau.

Cependant au Capitole
Notre homme avant de monter,
Crut devoir solliciter,
Par un petit protocole
Rédigé très-poliment,
Des bons Anglais l'agrément.

Ainsi, selon sa coutume,
De juillet le brave Coq,
Craignant quelque fâcheux choc,
Prit de sa queue une plume
Pour écrire au Léopard
Un billet de faire part.

Mais cette bête féroce
Répondit par le courrier
Que notre Coq flibustier
Ne serait pas à la noce,

Si, tout comme un vrai poulet,
Sur-le-champ il ne filait.

En recevant ces nouvelles,
Le malencontreux oiseau,
Par un manége nouveau,
Reploya si bien ses ailes,
Qu'on ne vit jamais coq si
Frappé d'un plus noir sonci.

Toutefois, nul ne l'ignore,
La France n'entendant rien
A ce modeste maintien
De son oiseau tricolore,
Disait tout haut : « Mais pourquoi
» Se tient-il donc ainsi coi ? »

Enfin ce profond mystère
Est aujourd'hui bien percé !
Hélas ! nous avions blessé,
Par mégarde, l'Angleterre,
En prenant un petit port,
Sans prendre son passeport !

C'est pourquoi notre système
Voulant réparer le mal,

A prié son amiral
D'avoir la bonté suprême
De naviguer désormais
Dans le salon de la Paix.

Quand Mackau dit qu'on s'abuse,
Qu'au pays des cocotiers
On trouve peu de lauriers,
Que pensez-vous de l'excuse ?
N'est-ce pas un fier coco
Que l'amiral de Mackau !

Ainsi donc par l'Angleterre,
Le trône de Pomaré
Va se trouver restauré ;
Fort bien : mais je ne vois guère
Qui sera de notre honneur
Jamais le restaurateur !

Espérons !.. Monsieur Joinville,
Qui jusqu'ici n'a dit mot,
Dira peut-être à Guizot
Qu'il faudrait pour chef de file
A la marine un Jean-Bart
Qui ne fût pas si Jobard.

MORALITÉ.

D'une pareille aventure
Tout le pays, à bon droit,
S'indigne comme il le doit,
Et chacun tout bas murmure :
« Grand vainqueur d'Otaïti,
» Système, oh ! je t'haïs-ti ! »

(*La Mode.*)

A L'AMIRAL DUPETIT-THOUARS.

AIR : *Honneur aux enfants de la France !* etc.

La trahison juge l'honneur,
Et la lâcheté le courage ;
Mais toi qui conserves au cœur
Les pures leçons d'un autre âge,
Héritier d'un nom sans affront
Qui parmi les plus nobles brille,

Fier enfant de ceux dont le front
Ne se courbe ni ne sourcille....
Amiral , s ois de ta famille ,
Les poètes te chanteront.

A l'heure où contre les Etats
La France dressait son audace ,
Deux des tiens , dans nos grands combats,
Laissaient une sanglante trace.
O *Tonnant !* l'un d'eux , sur ton front ,
Tout criblé soutint la bataille ;
Trafalgar , tu vis le second
Bondir ardent dans la mitraille.
Enfant des preux , sois à leur taille ,
Les poètes te chanteront.

Quand l'astre éteint de nos grandeurs
Aux fanges de la honte tombe ;
Quand , dépouillé de ses splendeurs
Le peuple glorieux succombe
Dans cet abaissement profond
Qu'éclaire à peine l'espérance ,
Quand toutes nos fiertés s'en vont ,
Quand s'écoule notre puissance ,
Relève l'honneur de la France ,
Les poètes te chanteront.

De Clovis à Napoléon ,
Du monde français vastes pôles ,
Toujours l'épée ou le canon
Marque la limite des Gaules.
Notre honneur au combat si prompt
Cède aujourd'hui couvert de taches ;
Et Francs et Gaulois sous l'affront
N'ont plus de poudre ni de haches :
Reste brave parmi les lâches ,
Les poètes te chanteront.

Anglais , si votre haine croît ,
Nous sentons bouillonner la nôtre ;
Chaque jour , le flot du détroit
La porte d'une côte à l'autre.
Ah ! les jours solennels viendront
Où dans l'arène héréditaire
Nos fils encor redescendront
Affranchissant enfin la terre ;
Jette le gant à l'Angleterre ,
Les poètes te chanteront.

Nos ministres , dans leur stupeur ,
Ont maudit ton patriotisme,
Et leurs mains tremblantes de peur,
Ont laissé tomber l'ostracisme.

Quand les vagues t'apporteront
La triste et honteuse nouvelle,
De tes bras qui se crisperont
Brise l'épée officielle......
Nous t'en gardons une plus belle,
Que les poètes chanteront. (*)

(*Charivari*.)   L. DE L.....

LES FLÉTRIS ET L'AMIRAL DUPETIT-THOUARS.

Air connu.

Quand, loin de nous, sur la rive étrangère,
Noble proscrit fait appel à mon cœur,
Si je réponds à cette voix si chère,
Qu'ai-je donc fait pour forfaire à l'honneur?
En vain sur moi, vous appelez l'outrage,
Moi, je me ris de vos lâches fureurs;
La France a dit, dans son noble langage:
Gloire aux flétris! opprobre aux flétrisseurs!

Non, non, jamais, dans ma chère patrie
Ne guiderai le soldat d'Albion;
O Vaterloo! s'il faut que je t'oublie,
Que de Guizot je prenne alors le nom.
En vain sur nous, vous appelez l'outrage,
Nous nous rions de vos lâches fureurs;
La France a dit, dans son noble langage:
Gloire aux flétris! opprobre aux flétrisseurs!

La voyez-vous, cette sauvage Reine,
Foulant aux pieds, marins, votre étendard,
Ainsi, souillé, l'indigne souveraine,
Le jette en proie à l'affreux léopard.
En vain sur nous, vous appelez l'outrage,
Nous nous rions de vos lâches fureurs;
La France a dit, dans son noble langage:
Gloire aux flétris! opprobre aux flétrisseurs!

(*) Une souscription, pour une épée d'honneur à offrir à l'amiral Dupetit-Thouars, est ouverte à Nantes, dans les bureaux de l'*Hermine* et du *National* de l'*Ouest*.

Oh! que c'est beau! hurle le ministère.
A Pomaré, donnons la croix d'honneur.
Humbles vassaux de la grande Angleterre
Gardons la paix au prix du déshonneur.
En vain sur nous, vous appelez l'outrage,
Nous nous rions de vos lâches fureurs ;
La France a dit, dans son noble langage :
Gloire aux flétris! opprobre aux flétrisseurs !

Dupetit-Thouars, symbole de la gloire,
Des renégats prétendent te flétrir :
Ton nom fameux est gravé dans l'histoire,
Preux descendant du héros d'Aboukir.
En vain sur nous, ils appellent l'outrage,
Nous nous rions de leurs lâches fureurs ;
La France a dit, dans son noble langage :
Gloire aux flétris! opprobre aux flétrisseurs!

Terre sacrée, ô patrie! ô ma France!
Oui, nous jurons, ici, sur tes lauriers,
De mourir tous, s'il faut, pour ta défense,
Et de briser le joug des étrangers.
En vain sur nous, ils appelent l'outrage,
Nous nous rions de leurs lâches fureurs;
La France a dit, dans son noble langage :
Gloire aux flétris! opprobre aux flétrisseurs!

Nantes, Imp. d'Hérault, rue de Guérande, 3.

www.ingramcontent.com/pod-product-compliance
Lightning Source LLC
Chambersburg PA
CBHW061416170626
46811CB00005B/2019